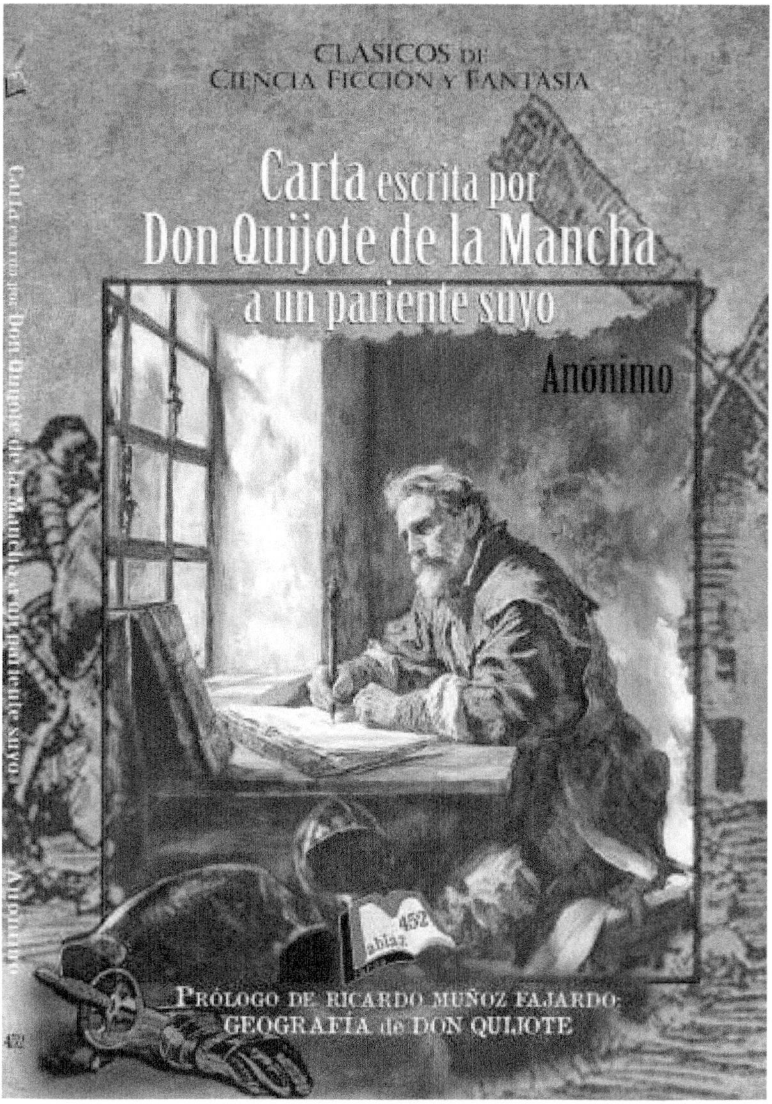

CLÁSICOS DE
CIENCIA FICCIÓN Y FANTASÍA

Carta escrita por
Don Quijote de la Mancha
a un pariente suyo

Anónimo

PRÓLOGO DE RICARDO MUÑOZ FAJARDO:
GEOGRAFÍA de DON QUIJOTE

Ciencia Ficción y Fantasía - 173

Carta escrita por Don Quijote a un pariente suyo
Primera Edición, marzo de 2026

© Libros Mablaz, Madrid

© De esta edición, Libros Mablaz, Madrid

blogs:
Editorial Libros Mablaz
**http://editoriallibrosmablazycienciaficcion.blogspot.co
m.es/**
Ciencia ficción y fantasía en Libros Mablaz:
http://mablazlibros.blogspot.com.es/
Librería en Todocolección:
**https://www.todocoleccion.net/s/catalogo?identificad
orvendedor=LibrosMablaz**

Diseño de cubiertas: Mari Carmen López

ISBN: 979-13-991637-7-3
Depósito Legal: M-6890-2026

LIBROS MABLAZ - 452

Carta escrita por Don Quijote de la Mancha a un pariente suyo

Anónimo

Prólogo: Geografía de don Quijote

Carta escrita por Don Quijote de la Mancha a un pariente suyo es un relato-novela corta, redactada a modo de epístola, cuya pretensión es únicamente reflejar los supuestos errores cometidos por Cervantes, sobre todo, en relación con las ubicaciones de las andanzas del caballero de la triste figura con respecto a otros episodios prácticamente inmediatos que se suceden a varios de estos, contando la imposibilidad de que la distancia recorrida por el protagonista y su fiel Sancho puedan hacer en el tiempo indicado en la novela original, así que, finalmente, tal disertación sirve para que se puedan encontrar donde ocurrieron alguna de las aventuras, que sucedida una tras otra, supone el genial relato del autor complutense.

Las geografías de don Quijote se refieren, en primer lugar, al lugar de nacimiento de Miguel de Cervantes, el autor de la obra.

Cervantes, casi con total seguridad, podemos hablar casi del 100%, nació en Alcalá de Henares a finales de septiembre o principios de octubre del año 1547 y bautizado en dicha ciudad el día nueve del último mes citado.

Unos estudios recientes pretendían demostrar que el escritor vino al mundo en la ciudad de Córdoba, en base a unos documentos encontrados en los que se cita a Cervantes como natural de la ciudad califal, teoría rebatida por otros estudiosos del tema, que consideran que la referencia encontrada es una confusión respecto al natalicio de su padre o también que se pueda deber a un simple sentido de pertenencia.

En Alcázar de San Juan (Ciudad Real) se encontró una partida de bautismo de un tal Miguel de Cervantes en la iglesia de Santa María la Mayor de esta localidad. El documento está fechado el 9 de noviembre de 1558, once años después de la partida alcalaína, lo que hace muy improbable, de acuerdo a la biografía conocida del autor de la novela, que ese año fuera el momento de su nacimiento.

Una teoría más dice que la familia de Cervantes podría provenir de la comarca de Sanabria (Zamora), en una aldea del lugar llamada precisamente Cervantes, que la familia ocultó porque eran descendientes de judíos conversos.

Los ultras del independentismo catalán, que afirman que casi todos los personajes importantes son originarios del principado, estiman que Cervantes había nacido en su tierra y que por eso escribía en catalán y que fue obligado a traducir sus obras al castellano por causas inquisitoriales. ¡De locos!

Etcétera.

Ahora volvemos a la esencia del libro en sí. Para no entrar en detalles de dónde se producen cada uno de los episodios que se narran en el libro, lo que daría a esta introducción el tamaño de un volumen de buen grosor, hablaremos tan solo de las teorías sobre cuál es el lugar de La Mancha de cuyo nombre no quiero acordarme, palabras con las que se inicia el Quijote.

Una candidata muy probable a ser tal sitio sería Argamasilla de Alba (Ciudad Real), el pueblo donde se especula que estuvo preso Cervantes y por eso lo repudia, y lugar que contaba con un vecino, el hidalgo Rodrigo Pacheco, con rasgos similares a Alonso Quijano.

Últimamente ha proliferado la hipótesis de que ese lugar desconocido podría ser Villanueva de los Infantes (Ciudad Real), basada en estudios geográficos y en el análisis de los recorridos del Quijote narrados en la novela.

Una tercera teoría a citar sería la que otorga a Mota del Cuervo (Cuenca). Sus defensores afirman que la localidad era en la época el cruce de caminos históricos y donde, además, el escritor sufrió un desengaño amoroso por la oposición de la familia de la mujer.

La candidatura de Esquivias (Toledo) se debe a que la esposa de Cervantes, Catalina de Salazar, era originaria de allí y allí vivió el autor durante unos años, lo que ocasionó que este pueblo fuera la fuente principal de su inspiración para empezar a redactar la obra.

Citaremos ahora a Miguel Esteban (Toledo), cuyo mérito para ser el sitio de origen del Quijote tiene el débil planteamiento de que era una localidad muy próxima a El Toboso, lugar del que procede su amada Dulcinea. La cuestión es que en la época que transcurre la novela Miguel Esteban era una aldea y no un lugar, de acuerdo a la nomenclatura de la época.

Presentemos finalmente una última localidad, aunque existen muchas más que se otorgan ese honor, o deshonor. Se trata de Munera (Albacete), que pugna más por ser el escenario de varios episodios protagonizados por Don Quijote y Sancho, el más importante el de Bodas de Camacho.

EL EDITOR A EL QUE LEA

Habrá dos años que en un lugar de la Mancha murió un caballero bien conocido en toda la provincia, y para algunas diligencias de su testamentaría fui llamado por sus herederos, quienes lo principal que pusieron a mi cargo fue el reconocimiento de los papeles del difunto.

En cumplimiento de mi comisión vi todos los que eran pertenecientes a la filiación, hidalguía, y demás privilegios de la casa, entre los cuales (que estaban guardados en una caja de nogal, forrada de raso verde bien antiguo) hallé un pliego cerrado de bastante bulto, cuya cubierta decía así:

A mi pariente, guarde Dios
muchos años, por Camuñas,

Mi Lugar.

Lo chistoso y extraño del sobre me cayó en gracia y obligó a registrar el contenido que eran unas cartas nada menos que del famosísimo don Quijote de la Mancha, a las que estaba unido un borrador de la respuesta dada a ellas: todo me pareció bien, y por lo mismo propuse en mi imaginación darlo al público, para lo que pedí licencia a los herederos, la que me concedieron gustosos y para ver cómo se reciben unos documentos de esta clase resolví imprimir sola esta primera carta. Si se admite bien publicaré las demás y cuando no halle la acogida que discurro, con volver las otras a quien pertenecen por derecho hereditario, cumplo, y se acabó la cuestión, porque en darlas a luz ase-

guro a ley de hombre de bien, que ni miro
a censurar la literatura de persona alguna,
ni a más que a deshacer con ellas errores
de hecho.

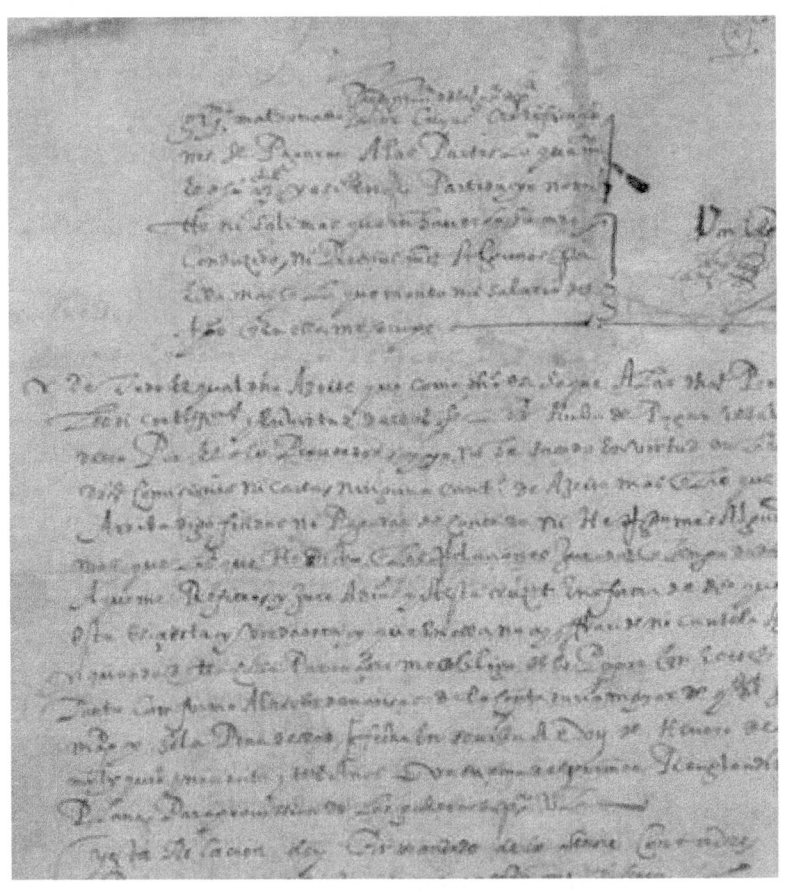

CARTA

Pariente, dueño y señor: a vuesa merced consta muy bien mucho de lo que contando mis *fazañas* dio que hablar el socarrón de Miguel de Cervantes, y apenas habrá en toda la Europa persona que sepa leer a quien no suceda lo mismo. Sabe Dios lo que me pesa ser la piedra fundamental de tan ordenados despropósitos, pero pues que lo pasado no tiene enmienda, paciencia y barajar, como a mi presencia dijo Durandarte a su primo Montesinos, Alcaide y Guarda Mayor mío.

Me parece que veo a vuesa merced arquear las cejas, arrugar la frente, y hacer las demás cosas que ejecutan los que

Nicolas-Toussaint Charlet: *Caverne de Montésinos* (1830)

se admiran al ver y oír lo que les parece imposible e incierto; porque como vuesa merced tenía creído, por haberlo dicho así el señor que nos vendió el galgo, que yo fallecí en ese pueblo, no pudo ofrecerse a su imaginación cosa en contrario, y al recibir esta juzgará que sueña o que hay encantamiento en la danza, pues si piensa lo segundo está en lo cierto, y para que salga de confusiones paso a descubrirle un secreto.

El amigo Cervantes no tenía parentesco con los santos inocentes, y sabía más levas que un pobre harto de correr la tuna. Por lo cual no obstante de haber resuelto valido del favor del Mixtingles y diablo de Merlín, encerrarme en esta cueva de Montesinos, como lo *executó* por

SEGVNDO
TOMO DEL
INGENIOSO HIDALGO
DON QVIXOTE DE LA MANCHA,

que contiene su tercera salida: y es la
quinta parte de sus auenturas.

Compuesto por el Licenciado Alonso Fernandez de
Auellaneda, natural de la Villa de
Tordesillas.

Al Alcalde, Regidores, y hidalgos, de la noble
villa del Argamesilla, patria feliz del hidalgo Cauallero Don Quixote
de la Mancha.

Con Licencia. En Tarragona en casa de Felipe
Roberto, Año 1614.

fines que a ello le movieron, y no alcanzo.
Para no tener otra pesadumbre como la
que le causó marras Avellaneda, sacando
aquella segunda parte de mis caballerías
que tanto me dio en que merecer, si a
otro tal como este aragonés se le antojaba
delinear torpemente mi encantamiento,
¿qué hizo? Darme un bálsamo no de los
efectos del de Fierabrás, sino es de otros
muy diversos, porque aparentando fal-
tarme la vida, bastaba a conservarla por
espacio de tres días sin necesidad de ali-
mento, con el fin de que creyándome la
familia y amigos difunto, el Cura pidiese
al escribano testimonio de que yo habia
muerto naturalmente para quitar la oca-
sión (como dijo en el último capítulo de
mi historia) de que algún otro autor que

Jules Worms: *Don Quijote prepara el bálsamo de Fierabrás* (1884)

Cide Hamete Benengeli

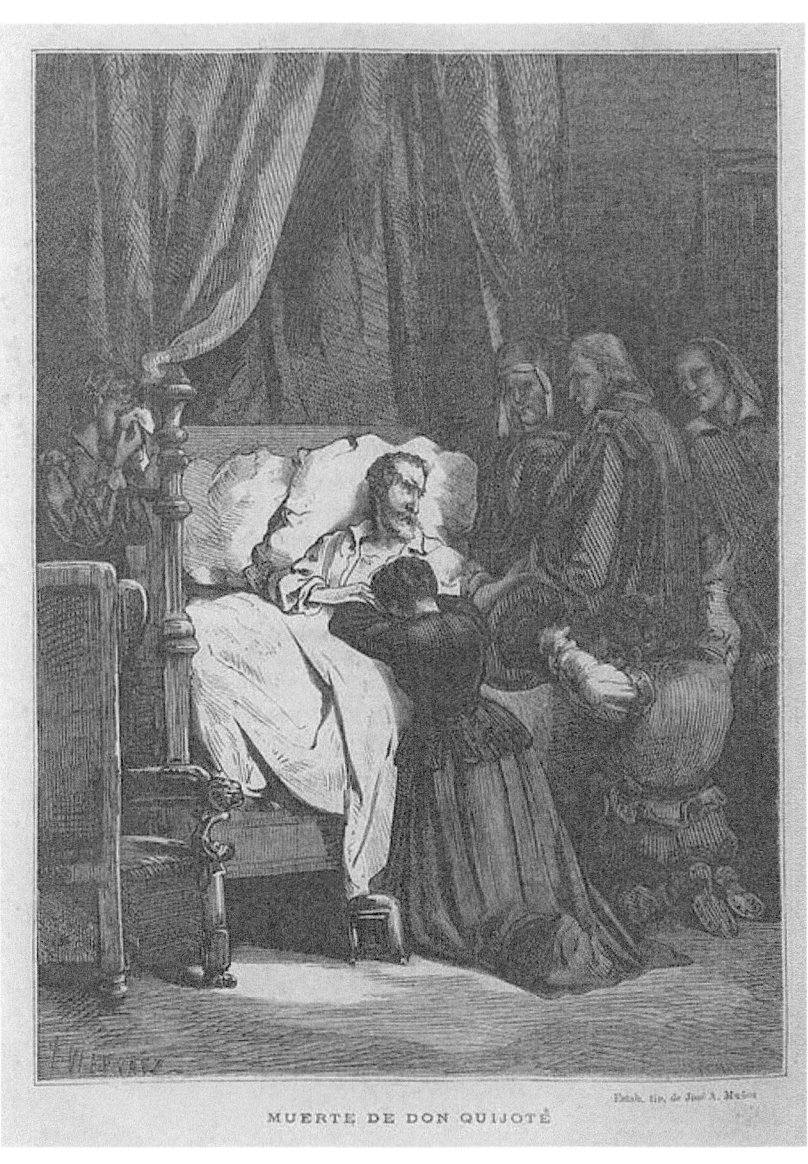

MUERTE DE DON QUIJOTE

Autor: Vicente Barneto

Cide Hamete Benengeli me resucitase falsamente e hiciese inacabables historias de mis hazañas, escribiendo los sucesos de encantada duración, queriendo más bien privarse del gusto de componerla, que arriesgarse a que después de empezada otro se le adelantase en concluirla.

La traza salió a medida del deseo de su inventor, porque mezclando el encantador la pócima en un caldo de los que me daba mi sobrina (que después de verse instituida por mi heredera no se apartaba de mí) sin que ella lo advirtiese quedé al parecer como un pajarito. Se dispuso y ejecutó el entierro (no de mi cuerpo sino es de uno aparente y a él semejante substituido por Merlín cuando aquí me trajo), y todo el mundo ha estado y está en este

engaño, sin que a entendimiento humano se le haya ofrecido que quien tuvo habilidad para encantarme en el carro de los bueyes, también la tendría para ejecutarlo en esta cueva, y haya querido sacar algo al público sobre el particular, y acerca de otras cosas relativas a entender bien lo que el angelito del manco dijo de mí.

Desarmada la admiración de vuesa merced con esta noticia tan verdadera como los demás hechos de mi vida ocurridos por esos andurriales, paso a participarle algo de lo que aquí me ha sucedido, y pasa con el fin de que haciendo los oficios propios de pariente tan cercano, procure se publique lo que voy a comunicarle para que no haya confusiones en la inteligencia de mi historia y yo salga de

Autor: Albert

cierta pesadumbre que padezco, y se me originó casualmente de la conversación que tuve los días pasados con un personaje de los muchos que encierra esta sima. El caso pasó así:

Vuesa merced sabe lo que yo dije había visto en esta estancia cuando por mi gusto bajé a ella. Pues no hay más sino es que sabido de todos este escondite, y creyendo que en él no se come, viste y calza, ateniéndose a lo afirmado por mí, apenas se conoce en el día, y, desde aquel tiempo, encantador que no ponga aquí sus encantados para ahorrar la costa que en otra parte podían hacerles, y por lo mismo todos los días vienen cuasi infinitos, de forma que no nos conocemos unos a otros. Esto supuesto, y si vuesa merced no lo ha por enojo, ha de saber que saliendo a divertir mi melancolía por una floresta el día último de recreación de los dos que al mes nos concede el señor don Montesinos, en el de la fecha (sobre lo que para los españoles no permite ensancha por mirarnos con horror como a descendientes de los que en *Ronces-Valles* les cascaron las liendres) al salir a un raso que lindaba con ella y al pie de unos de sus árboles, que si no me engaño era un alcornoque, hallé sentado un mozo bien dispuesto, a quien saludé regularmente. Y aunque su respuesta en lengua castellana me hizo presumir sería español, como el vestido era muy diverso del que se usaba en Castilla cuando yo andaba por ella, y el lenguaje contenía palabras que jamás llegaron a mis oídos, no pude menos de suplicarle para satisfacer mi curiosidad, tuviese a bien decirme de que reino, provincia y pueblo era natural. El mozo, que en todo manifestaba bondad, tuvo la de sacarme de dudas respondiendo así:

«Mi patria es la Corte del Reino de España y, siendo vuesa merced según manifiestan su tendencia y dialecto castellano, me maravillo no haya conocido que yo también lo soy».

«Caballero (le respondí) como ni la tendencia ni el dialecto eran cuando yo di que decir no solo en las dos Castillas, sino es en toda España, o, por mejor decir, en todo el mundo, partes de la lengua castellana, ni los españoles que yo conocí vestían del modo que vuesa merced no es mucho dudase si lo era».

«No es mala la salida, pero no concluye (me replicó); pues así como yo tuve a vuesa merced por español, no obstante ser su traje y modo de hablar diferente en gran parte del que hoy se usa en España, pudo vuesa merced juzgar de mí lo mismo».

«Amigo, eso sería, le dije, a tener yo antecedentes como vuesa merced los tiene por haber visto pinturas de mis tiempos. Pero dejando esto a un lado como cosa que nada importa respecto a que del vestir más o menos costosamente no se sigue otro perjuicio que el de perder las haciendas y corromper las buenas costumbres.

Ya que la suerte nos ha unido en un mismo destino, y que la razón de paisanaje debe causar en nosotros una sencilla amistad, quisiera, señor caballero, me contase vuesa merced en el número de sus criados y se allanase a darme su lado los días en que se nos permite salir de nuestras mazmorras, que lo tendría a gran fortuna».

«Yo, dijo el Caballero, seré el dichoso en esta parte, porque de la apacibilidad y gran marcialidad de vuesa merced me prometo remarcables satisfacciones, y así dando por firmada nuestra alianza, sea hoy el primer día de tertulia, para cuyo mas cómodo disfrute, si vuesa merced no dispone otra cosa, pasaremos a mi habitación que está inmediata, en donde tengo un gabinete propio para el caso».

Acepté su oferta, guiome a su albergue, y le seguí todo embebido en discurrir qué serían la tertulia y gabinete, y pensando en las satisfacciones remarcables. Últimamente llegamos a su estancia, y en un cuartito apartado del bullicio de la familia me hizo sentar y dijo:

«Mi encanto es el más extraño que puede discurrirse, porque aunque se ha podido lograr con el que lo ha hecho, a fuerza de empeños y por gran favor, que permita se me socorra aquí por su mano con lo necesario para pasar con alguna comodidad o menos trabajo y remesa de estos libros, en que a ratos divierto la pesadumbre de él (cosa que no sé se haya concedido a otro encantado) viene la gracia con la pensión de saber que me ha de durar sus cincuenta mil años el castigo. Vea vuesa merced si tengo causa para entristecerme, pues cuando se cumpla el término señalado, ni hallaré a mis padres, ni aún memoria de ellos».

«No deja de ser grande la desgracia de vuesa merced, señor don Flugencio (que así dijo llamarse), mas al fin como solemos decir los duelos con pan son menos. Quiero decir que, ya que no puede excusar su mala fortuna, tiene el alivio de que nada le falle y el singular beneficio del consuelo que puede hallar en sus libros, pero a quien no solo le falta quanto se necesita para pasar con alguna comodidad sino es el refugio de tener un mal libro como a mí, porque infinitos que tenía los llevó el diablo con el aposento en

que los guardaba antes de estar encantado, y además ignora el tiempo que ha de durar su mala ventura. ¿Habrá infeliz que se le iguale?»

«No señor, me respondió, y me deja tan condolido lo que vuesa merced expresa, que no solo le prometo será participante de mis socorros, si no es que le doy facultad para que use de mis libros como de cosa propia. Y así, para ahuyentar en parte la tristeza que de traer a la memoria su mala andanza puede cargarle esta noche la imaginación, abra vuesa merced el estante y llévese a su posada el que guste».

Con esta amplitud generosa, de que le di los agradecimientos, abrí el estante en que habia seis u ocho docenas de obras c<u>u</u>

curiosas y nuevamente *enquadernadas*, las mas muy modernas y traducidas de varias lenguas a la nuestra, por lo que pregunté a don Flugencio, si se habían acabado en España los hombres capaces de componer obras, puesto que los más se dedicaban a traducir, a que con admiración me respondió:

«Bueno es eso para el concepto que corre en el reino, de que ahora es cuando hay en él sujetos de suficiencia y buen gusto. Sepa vuesa merced, señor mío, que estas traducciones se practican para aprovecharnos de mucho bueno que escriben los extranjeros, como ellos lo han hecho para disfrutar el trabajo de los escritores eminentes que ha tenido nuestra nación».

Yo callé lo mucho que se me ofreció

Edición del Quijote de 1782, llamada
el Quijote chico, en 4 volúmenes

responderle, y prosiguiendo en el intento de tomar un libro que interrumpiese algunos ratos mis afanes, noté que entre los del estante se hallaban cuatro tomos en octavo de mi historia, escrita por la bella alhaja del señor Miguel de Cervantes, impresos en Madrid el año de mil setecientos ochenta y dos, y la curiosidad de saber si estaba algo alterada con el tiempo, como todas las cosas, y de ver si se hallaba adelantado el arte de la imprenta, me hizo abrir por diversas partes el primer tomo, a cuyo fin hallé un mapa de una porción del reyno que comprehende los parajes por donde yo anduve en mis aventuras. Y como era cosa que en las impresiones de mi tiempo no se puso, mirelo con cuidado, y al instante conocí lo defectuoso que estaba el derrotero o camino señalado en él a mis viajes, y para ver de qué opinión era don Flugencio, y si sabía que en esa tierra se hubiese dicho algo sobre el particular, le hablé en esta forma:

«Amigo, siempre me ha gustado lo que no es decible leer esta historia que de los *Hechos de Don Quijote de la Mancha* compuso el ingeniosísimo Miguel de Cervantes, bien sea porque le conoci, tuve alguna comunicación con el héroe, y se dio *a el* público en mi tiempo, o bien por el mérito que en sí contiene la obra. Sea por lo uno o por lo otro, que esto no es de importancia, así que la vi se me fue la alma a ella, y tanto como me alegro de hallarla aumentada con este mapa en que con poquísimo cuidado y tiempo que en ello ocupen los leedores, pueden registrar todos los andurriales que azotó este caballero, sin exponerse a los soles, serenos, malos ratos y contratiempos que él sufrió, siento que esté errado en muchas partes el señalamiento de sitios en que le ocurrieron las principales aventuras, según lo que se dijo generalmente, cuando sucedieron, y el dio a entender más de alguna vez a mi presencia. Porque si llega la cosa (como es regular) a reinos extraños, y alguno que de ellos haya paseado lo que nuestro hidalgo, hace cotejo del mapa con la historia notará la falta y será capaz de quitar en parte el crédito a la nación diciendo que el ser diversos los sitios que el mapa señala a las aventuras de Don Quijote, del que estando a la letra de la historia debe dárseles, nace de la poca reflexión que tienen los españoles de que tal cosa no ha pasado contando por lo mismo la historia entre las fabulosas».

«Mire vuesa merced lo que dice señor don Alonso (que así le dije llamarme), me respondió el madrileño, y no se arroje de ligero a censurar una cosa que se haría con prolijo examen».

«Bien mirado lo tengo, le repliqué, y si no fuera ya la hora en que como vuesa merced sabe todos debemos retirarnos a nuestras habitaciones para no dar lugar al enojo de nuestro alcaide, le daría a vuesa merced tales razones en prueba de lo que he dicho, que le abollara. Pero a bien que hay más días que longanizas, al buen pagador no le duelen prendas, y si Dios quiere no ha de ser esta vez sola la que nos comuniquemos, por lo que si no hay cosa que lo estorbe y vuesa merced no recibe en ello pesadumbre, el día primero de recreación que viene, haré lo que ahora no puedo, y aún si fuese del caso traeré conmigo testigos tan de mayor excepción en el particular, que no dejarán resquicio a la duda».

«Mucho favor recibiré en ello señor don Alonso, dijo don Fulgencio, retírese vuesa merced no demos lugar a caer en falta. Y, para suplir en parte las que me ha confesado padece de las cosas necesarias para pasar con conveniencia, llévese esas zanahorias y esos dos panes de centeno, y perdone la cortedad, creyendo que quien le da eso no le quisiera ver muerto

Autor: Nicolas-Toussaint Charlet (1829)

de hambre, y que si más tuviera más le diera y agur hasta la vista». Dile gracias por su liberalidad, marché a mi recogimiento, y, llegado el día franco, antes de buscar a mi amigo hice lo que voy a referir.

Yo sabía que mi escudero Sancho Panza sintió tanto mi falta, se vió tan apurado de los muchachos, que en todas partes le decían: «Daca la manta», que, para huir la brega y dar alguna prueba de su sentimiento por su gusto se vino a poner en manos de nuestro don Montesinos, quien le dedicó a guardar un gran hato de cabras, de que hay muchas en su jurisdicción, lo que él mismo me refirió andando un día pastoreándolas por las puertas de mi reclusión, lleno de regocijo al verme

Manuel Ángel Álvarez: *Don Quijote y Sancho se en-
cuentran con el cabrero* (1901)

en ellas vivo contra su creencia y esperanza. También me constaba que, en pena de sus picardías y de haberse atrevido a armarme caballero no siéndolo, estaba aquí encantado el ventero, sucediendo lo mismo al capitán de los gigantes, que los encantadores me convirtieron en molinos de viento y otros sujetos que iré señalando después cuando sea necesario (cuyas viviendas sé muy bien) a los que di parte del empeño en que me hallaba de manifestar a mi nuevo amigo los errores que advertía en el camino que el mapa señalaba a mis viajes, encargando a cada uno que aquel día dedicasen su paseo a la parte que les señalé. Y hacía ánimo que saliésemos, para que en el caso de no convencer mis reflexiones a don Fulgencio, cada

Bertall: *El ventero ordena caballero a don Quijote*
(1868)

Anónimo (1648)

uno dijese en abono de mi verdad lo que supiese. Pero, callando todos ser yo Don Quijote, sobre que les pedí me guardasen sumo silencio.

Esto hecho fuime a la habitación del referido a quien hallé aguardándome para comer con la mesa puesta, senteme a ella sin melindre, y lo hice muy razonablemente sin probar el vino. Porque aquí es contrabando como cosa que si se permitiese puede alterar el sosiego que debe haber entre encantados. Y luego que acabamos, viendo que la tarde convidaba a gozar del campo, salimos a él por la parte que yo había ordenado, que son unas canteras de cristal de roca, de donde se sacó lo necesario para el Palacio de Montesinos, Durandarte y la demás familia de Pirineos allende, en donde ya estaba aguardando toda la caterva requerida por mí. Hicímosles cortesía, correspondieron todos y, sentados en el mejor puesto que nos franquearon, sacamos el mapa. Y para lograr yo de todo punto mi idea sin que se conociese la tenía ordenada de antemano. Pregunté a los concurrentes (como si no los conociera) si alguno de ellos tenía noticia de la Historia de Don Quijote, y era práctico en los países por donde ella decía había andado este caballero, para poder sacarnos de ciertas dudas que teníamos en el particular. Todos dijeron que les constaba muy bien, y que a vista de los reparos cada uno diría lo que supiesen, pues

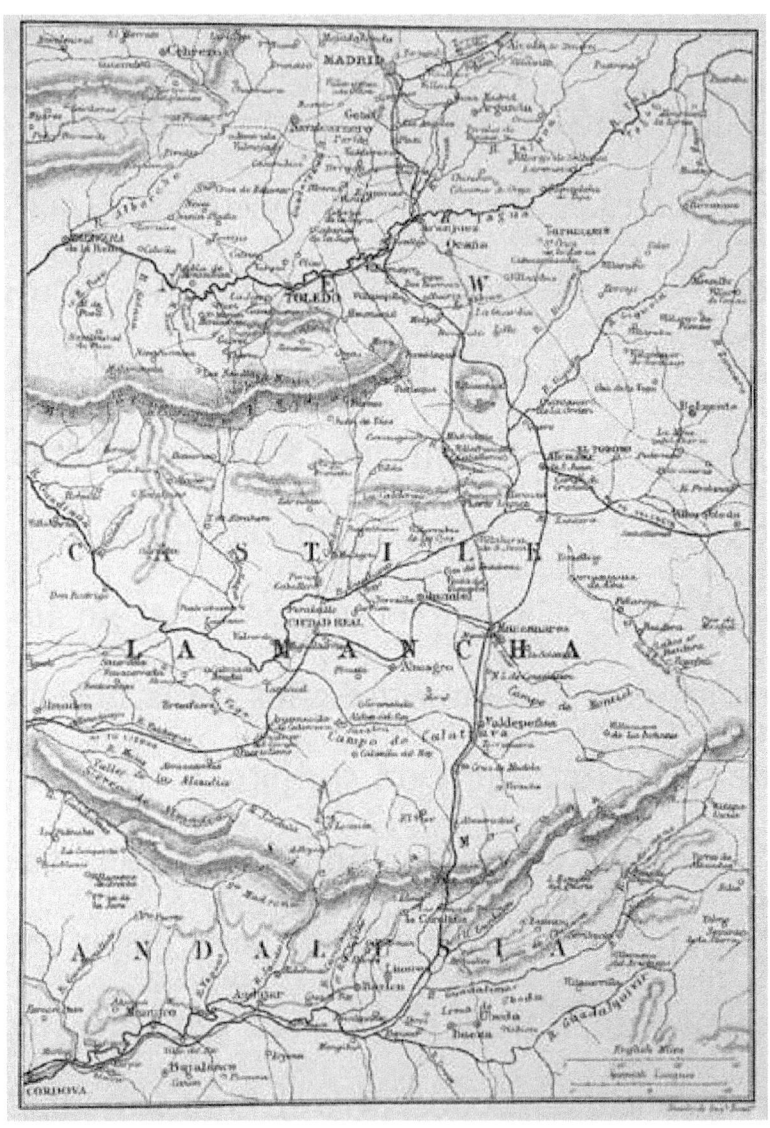

Edward Stanford (grabador): *Mapa de las aventuras
de Don Quijote* (1885)

estén vuesas mercedes todos atentos que empiezo a proponerlos.

«Ya ven aquí por la clave o explicación del mapa, que, sin señalarse en parte alguna desde donde hizo su primera salida Don Quijote se pone la venta en que fue armado caballero entre Almagro y Manzanares, cosa verdaderamente repugnante por dos razones. La primera porque, no sabiendo de donde salió el de la Triste Figura, mal se afirma donde pudo llegar en un día (como conoce el más torpe) que fue lo que él tardó desde su casa a la venta, según dice la historia. Y la segunda y más principal porque, debiendo estar en el camino real de Madrid a Sevilla, arreglándonos a que Cervantes lo dice así, y en distancia proporcionada de pueblos para

Manuel Ángel Álvarez: *Llegada a la puerta de la venta* (1901)

hacer jornada en ella por tiempo de verano, se pone erradamente entre Manzanares y Almagro (puesto que jamás ha sido de un pueblo de estos *a el* otro el camino real de Sevilla a la corte, porque sería un rodeo de más de tres leguas sin necesidad) y con poco conocimiento del terreno o distancia intermedia de unos pueblos a otros. Pues, aunque quisiera decirse que en el tiempo de Don Quijote iba la carrera por Almagro, después y antes del cual lugar hay ventas, en una de las cuales recibiría el insigne manchego la orden de caballería, siempre debería darse distinta situación a la venta, colocándola bien entre Fuente el Fresno y Almagro, que es donde está la llamada de Flor de Ribera a el margen de Guadiana, o bien entre Santa Cruz y Almagro. Y esto cuando cualquiera de ellas estuviese en distancia proporcionada de pueblos para hacer jornada en un día de verano, que no lo están, con que siempre queda el error en pie y es preciso confesar que la venta en que fue armado caballero Don Quijote debe ponerse en otra parte en que pueda verificarse pasar por ella el camino Real de la Corte a Sevilla, comodidad para hacer jornada y rastrojos inmediatos, que son las señas con que la distingue Cervantes. De forma que concurriendo todas estas circunstancias en la venta de Quesada, porque está en el camino real de Madrid a Sevilla, que hoy se frecuenta y usaba en lo antiguo, se hacía, y aun suele hacerse en ella jornada de arrieros, y está cercada de tierras de labor en que precisamente ha de haber rastrojos, causa admiración no se señalase esta como sitio el más conforme con la letra de la historia, esto en mi concepto».

«Pues en el mío no (dijo don Flugencio), señor Don Alonso, porque cuanto a lo primero, como Don Quijote no llevaba dirección fija, pudo muy bien ir a parar a la venta que está entre Manzanares y Almagro y ser armado Caballero allí, y bien hecho por lo mismo el señalamiento de ella en este paraje».

«Si no hubiera el inconveniente de que los arrieros precisamente habían de ir camino derecho (dijo a este tiempo el ventero que me incorporó en la orden de caballería) no era mala esa salida, pero

Venta de don Quijote en Puerto Lápice.

con él queda en su fuerza el reparo de este señor».

A que replicó el madrileño diciendo «que también pudo ser que los arrieros que hicieron jornada en la venta aquella noche tuviesen precisión de pasar por Almagro y Manzanares, y así se salva el inconveniente».

«Eso es mucho dar a la casualidad, y querer sacar las cosas de sus términos regulares», dijeron sin dejarle pasar adelante doña Tolosa y doña Molinera[1] (que también están en esta banasta incapaz de reventar por estas dos sardinas), deseosas de servirme, y pagar en parte el favor que les hice de poder llamarse don cuando me ciñeron la espada y calzaron la espuela, «y

---

[1] Como consideremos que un libro no ha de saberse de memoria, ni tan siquiera el Quijote, recordamos que estas dos señoras eran dos personas que trabajaban en la venta.

Armand Louis Henri Telory: *Doña Molinera y doña Tolosa
entregan espada y espuelas a Don Quijote (1863, hacia)*

para que vuesa merced, señor, acabe de creer que está errado el sitio en que se pone la venta, sepa que el señor (señalando *a el* Ventero) fue el que armó caballero al señor Don Quijote, y nosotras las que le ceñimos la espada y calzamos la espuela, y por el paso en que nos hallamos le decimos, que ni el buen hombre este ha sido ventero entre Almagro y Manzanares ni nosotras estuvimos en semejante venta, sino es en otra muy diversa, que no señalamos por dar cumplimiento a la palabra que tenemos dada de no descubrirlo jamás, y así no hay más sino es confesar el error».

«Ahora lo confieso, dijo don Flugencio, y tratemos de otro».

«Este que voy a proponer (proseguí

Autor: Gustavo Doré

yo) es más garrafal, porque diciendo la historia que después de ser armado caballero Don Quijote, salió de la venta, y que no había andado mucho cuando le pareció que a su diestra mano de la espesura de un bosque que allí estaba, salían voces delicadas como de persona que se quejaba, y que, volviendo las riendas, encaminó a Rocinante hacia donde le pareció que las voces salían y, a pocos pasos que entró por el bosque, vio atada una yegua a una encina, y atado en otra a un muchacho, cuyas circunstancias precisamente piden señalar el tal lugar bastante inmediato a la venta. En el mapa está señalado entre la Membrilla y Argamasilla de Alba, y, a distancia de más de cinco leguas de donde se quiere que esté la venta, cosa imposible

O. Woite: *La aventura de los mercaderes* (1900, hacia)

de conciliar entre sí y con el texto, como conoce el menos advertido».

«Así es, dijeron todos, vaya vuesa merced adelante».

«La encrucijada en que se paró don Quijote en la aventura de los Mercaderes, cuyo mozo de mulas le quitó el polvo que le había echado encima Rocinante al caer (sin darle los palos que la historia dice por menoscabar sus glorias) si hemos de estar a la carretera del mapa, diremos que se hallaba, y sucedió en el camino que va desde la Membrilia a Argamasilla de Alba (a donde parece se le quiere reducir sin reparar en la incertidumbre del pueblo de donde salió). Pero como no podemos apartarnos de lo que afirma la historia, y esta asegura que los hechos ocurrieron en el camino real de Toledo a Murcia que va por Villacañas, seis o siete leguas lo menos a la izquierda de Argamasilla y la Membrilla, como sabe Dios y todo el mundo que no me dejarán mentir, nos es preciso darle diversa situación, y confesar que se padeció error en la que se le dio en el mapa».

El silencio de todos confirmó mi opinión y, siguiendo en mi propósito, dije:

«Cualesquiera que haya pasado desde Villarta a Argamasilla de Alba sabrá que en el intermedio ni hay ni ha habido molinos algunos de viento ni de agua. Pues, ¿qué razón hay para que en el derrotero del mapa se pongan entre estos dos pueblos los treinta o cuarenta molinos de viento en que se convirtieron otros tantos gigantes, con quienes Don Quijote se fue a combatir en su segunda salida para manifestar su esfuerzo y ejercer su profesión?»

«Ninguna a la verdad, dijo a este tiempo el capitán de ellos (que, como dejo sentado se halla en este país encantado hasta las cachas), y, para mayor confirmación de la razón que este señor tiene, yo que soy (para servir a vuesa merced) el capitán de aquella tropa gigantesca, el primero que fui convertido en molino de viento y el que dio el aspazo a Rocinante en pena de lo que por haber sido contra lo que se me mandó estoy aquí, certifico en la forma que me es permitida como gigante de bien, y en caso necesario juro que tal cosa no sucedió en donde señala esta ca-

Hizo la lanza pedazos, llevándose tras sí al caballo y al caballero

Apeles Mestres: Episodio de los molinos de viento
(1879)

rretera del mapa presente, sino es en otra parte muy diversa que en debido tiempo, y si me fuese pedido manifestaré, y para que conste donde convenga lo firmo en la cueva de Montesinos a catorce de mayo de mil setecientos ochenta y cuatro,

Garci-Sánchez de Perales».

«En la aventura de los frailes y vizcaíno solo tengo que decir que si para no formar oposición con lo que Cervantes expuso en el particular el derrotero va conforme con ello. Lo mismo debió practicar en todas, poniéndolas en los sitios más conformes a lo dicho por el historiador para no dar lugar, con la imposibilidad de que se verifiquen a un tiempo dos pensamientos contrarios en un mismo he-

José Passos: *Don Quijote combate contra el viz-caíno* (1903-1904)

ho, a que los enemigos de la nación digan que son falsos y supuestos muchos de los que se cuentan de Don Quijote, o que tal hombre no hubo en el mundo siguiéndose de aquí el perjuicio que deja discurrirse, que es el inconveniente que deseo evitar en estas advertencias, y para su mayor claridad, y orden es de suponer con la historia, que Don Quijote llegó a las Ventas del Puerto Lápice a eso de las tres de la tarde, en cuyo sitio solo estuvo el tiempo necesario para vencer los frailes y vizcaíno, lo cual hecho, y puestos en las cabalgaduras el amo y el mozo, este comenzó (dice Cervantes) a seguir a su señor, que a paso lirado, sin despedirse, ni hablar más con los del coche se entró por un bosque que allí junto estaba. Pone luego el largo coloquio de ambos, refiere su estéril comida, y por último dice: "subieron luego a caballo y diéronse priesa por llegar a poblado antes que anocheciese". Pero faltoles el sol y la esperanza de alcanzar lo que deseaban junto a unas chozas de unos cabreros, y así determinaron pasarla allí, cuyo acaecimiento está señalado en el mapa entre Villarrubia y Malagón, pero sin conocimiento del terreno, porque desde las Ventas del Puerto Lápice, aun *quando* queramos suponer que allí se detuvo Don Quijote una hora y que se entró en el bosque a las cuatro de la tarde, pudo muy bien en lo que le faltaba de ella llegar a Malagón, que a lo más dista tres leguas o tres y media, y, caminando por atajos como supone la historia mucho menos fuera de que en esta distancia apenas habrá dos leguas de monte, cuyo espacio y mucho más andaría aunque fuese contando los pasos desde las cuatro de la tarde hasta más de las siete, que en el mes de julio (a cuyo tiempo se refiere en la historia este suceso) se pone el sol de forma que, hallándose las chozas de los cabreros en el monte, y no tan al fin de él que no tuviesen que andar después bastante para llegar *a el* sitio donde se enterró Grisostomo, cosa imposible de verificarse entre las Ventas y Malagón. Para ir conformes con la historia de que no podemos separarnos sin error, es preciso dar otra situación a las chozas, y entierro, mayormente si consideramos que finalizado anduvo Don Quijote por el bosque más de dos ho-

Gustavo Doré: *Aventura de los yangüeses*

ras en busca de la pastora Marcela, cuyo tiempo con el gastado en llegar hasta allí aquella mañana, y la tarde antes, hace más de siete horas que no pueden gastarse desde las Ventas a Malagón, con que poniéndose en la ruta estos parajes, y el de la aventura de los yangüeses antes del tal pueblo, es mayor la imposibilidad, y más claro el error padecido».

«Así es, dijo Sancho Panza, y yo que como escudero tuve la dicha de acompañar en esas andanzas a mi señor don Quijote, afirmo como miembro de la antecedente caballería en la esfera que me toca, habernos sucedido esas cosas en partes muy diversas que las que manifiesta esta raya colorada, y a quien dijere lo contrario, aunque sea contra mi natural temor,

Francisco Selma: *Don Quijote y Sancho en busca de aventuras* (1780)

le sustentaré que se engaña, y si supiera firmar lo daría por testimonio, y así señor reparador de yerros, no se quiebre vuesa merced más la cabeza en contradecir este, que él mismo manifiesta la razón de vuesa merced, y por tanto vea señor caballero si tiene algo más que decir en que yo pueda y deba dar mi voto antes que cierre la tarde, y tengamos con el señor don Montesinos una pesadumbre mayor que la que me causó el moro encantado la noche que para descansar del molimiento de las estacas, con que a mi amo y a mí nos saludaron las costillas los yangüeses, nos refugiamos en la venta, que Dios arrase hasta los cimientos».

«Justamente me toca ahora hablar de ella, dije yo, y para conocer mejor el error

John Vanderbank: *Don Quijote y sus acompañantes
ante el féretro de Grisóstomo* (1749)

que se padeció al señalar el sitio de su asiento, recuerden vuesas mercedes lo que dejo dicho acerca de las chozas de los cabreros y entierro de Grisóstomo, y advertirán que si no cabe gastar tanto tiempo como la historia dice ocupó Don Quijote desde las Ventas del Puerto Lápice, hasta los referidos sitios que se ponen entre Malagón y Villarrubia, porque la distancia de un pueblo al otro es muy corta, menos cabrá estar la venta en que se acogió nuestro manchego con su escudero después de la aventura de los yangüeses entre estas dos villas, como se señala en el derrotero, puesto que para llegar a ella gastaron cuasi un día más, y así no me queda duda en el yerro que aquí hay, para cuyo mayor convencimiento, y por si hay

Autor: Jules David

quien quede con algún escrúpulo acerca de lo que digo hase de notar para disolverlo, que en esta venta fue donde el cautivo encontró a su hermano el oidor que pasaba a Sevilla para embarcarse, que caminaba en coche y que el camino carretero de la corte a Sevilla, como ya queda sentado, iba por parte diversa, con que pues que la venta ha de señalarse en él y no es posible atendido el derrotero, forzoso es confesar que en esta parte está errado».

«Así es, dijo Sancho, y si no que lo digan mis costillas, las que, aún supuesta mi corta memoria no me dejan olvidar las vueltas que a fuerza de los empujes de la manta di en el aire, ni del sitio en que me avino tan mala ventura, que se halla algo distante de donde muestra esta carretera. En fin señores, hablar de esto quiere más tiempo del que ya nos queda hasta la hora del recogimiento, al que con la buena licencia de vuesas mercedes me retiro, que tengo dos cabras en días de parir, y tal vez estarán necesitadas de mi socorro, y otro día hablaremos más despacio sobre los demás yerros que este señor dice ha notado».

Todos conocimos su razón, nos levantamos, y dirigimos a nuestras respectivas mansiones, y acompañando yo a don Flugencio hasta dejarle en la suya, hallamos en ella al sujeto que con el permiso de su encantador le trae los socorros de sus padres y lleva a estos sus cartas, esperándole para que le diese las que les tuviese escritas, porque marchaba al instante a otros negocios. En cuya vista, y por la satisfacción que de él tiene mi amigo a causa de los muchos agasajos que le hacen sus padres, me dijo:

«Señor don Alonso, ahora es tiempo, si vuesa merced quiere, de escribir a su casa, porque el señor es persona a quien puede fiarse un secreto, y, pasando precisamente para ir de esta cueva a Madrid por su lugar de vuesa merced que, según me ha dicho, se halla en la carrera, ninguna mala obra tiene que sufrir en llevar sus cartas».

El correo dijo que aun en el caso de tener que rodear algo lo haría gustoso por servirme y complacer al señor don Flugen

Autor: Henry Morin

cio, de quien se consideraba deudor y que así no se me ofreciese el más leve reparo en ello.

Por no perder esta comodidad, que desde que estoy aquí es la primera que me ha ofrecido la suerte, acepté sus ofrecimientos y, como los reparos de los errores contenidos en la carretera del mapa señalada a mis viajes los iba escribiendo al tiempo de ponerlos con lo demás que decían los concurrentes, no tuve necesidad de más que de escribir el motivo de participarlos a vuesa merced y origen de haberlos notado, con la súplica de que procure sean generalmente conocidos para evitar los inconvenientes que me temo, advirtiendo que si este conducto me dura-

FUNDACIÓN,
Y ESTATÚTOS
DE LA REAL
ACADÉMIA
ESPAÑÓLA.

EN MADRID, CON LAS LICENCIAS NECESSARIAS.

En la IMPRENTA REAL, por Joséph Rodríguez y Escobár,
Impreſſór del Rey nueſtrò Señór, de ſu Conſéjo de la Santa
Cruzáda, y de la Real Acadḗmia Eſpañóla.
Año de M.DCC.XV.

se algún tiempo (para lo que pido a vuesa merced procure regalar al portador) no dejaré de comunicarle otros defectos que advierto en el derrotero, y algunas cosas de más importancia que le ruego imprima para la común diversión en que no debe ofrecérsele el más leve inconveniente ni recelo de exponerse a una batalla con la Academia Real Española (cuerpo doctísimo y respetable según tengo noticias por la sabiduría de sus individuos) a cuya costa se hizo la citada impresión y mapa por dos razones.

La primera, porque a este Real congreso de sabios se hace mucho servicio en apuntarle los yerros cometidos en materia de hecho por el sujeto de quien se valió para el derrotero (a quien no se hace agravio tampoco, reflexionando que el más hábil está sujeto a padecer equivocación por una relación poco puntual) para que si repite la impresión, procediendo con más conocimiento en el particular, haga se encargue del derrotero persona que, aunque no tan instruida en la literatura como las que ejecutaron el primero por ser más práctico del país y versado en la historia de mis hazañas, saque la obra más arreglada y conforme a ella.

Y la segunda, porque aunque fuera la Academia quien practicó el derrotero, y por consiguiente a ella se impugnara, vuesa merced no es quien lo ejecuta, y sí yo. Pero en tales términos que protesto a vuesa merced y a todo el mundo por la orden de Caballería que profeso, aunque indigno, que no es mi ánimo censurar la sabiduría de la Academia, ni la literatura del que señaló el derrotero, porque como vuesa merced y todos saben, yo no soy hombre de letras, ni aun cuando lo fuera mi genio, no se inclina a criticar y solo en una cosa de hecho como esta, para la que no es necesario otro estudio que el conocimiento del país, puedo meter mi cucharada. Y esto baste para que persona alguna pueda formar queja de mí, que no gusto tener enemigos y más de marca tan crecida.

De la buena ley de vuesa merced espero no solo que me haga este gusto, sino es que atendiendo a las muchas faltas que paso en este encierro, procure aliviarme en cuanto permita su posibilidad, en que

POLLUELA DEL TORERO

demás de cumplir con las obligaciones de la sangre, ejercerá una obra grande da misericordia, pues en mi juicio no la hay mayor que socorrer la necesidad de los encantados, porque carecen de todo arbitrio y proporción para ganar con que mantenerse y sustentar sus obligaciones. Y aunque todas las mías están reducidas a solo el cuidado de mi persona, todavía contemplo debo acudir a la estrechez que padece la sin par Dulcinea del Toboso, lumbre de mis ojos, estando como está estos días sumamente débil a causa de unos pujos de sangre que ha padecido muy terribles y le resultaron de comer un pisto muy picante de que por falta de regalo tardará en convalecer.

No me permite el tiempo participar a

Autor: Nicolas-Toussaint Charlet (1830)

vuesa merced algunas de las muchas novedades que al presente hay por acá, pero siendo Dios servido que otra vez le escriba, le diré algo que le asombre y divierta a un mismo tiempo. Su *magestad* me conceda este gusto, y el que tendré con su respuesta, que espero sea ingenua y comprehensiva de lo que en vista de esta se diga por esas tierras de su contenido y demás cosas mías, y hasta lograrle quedo, etc...

Cueva de Montesinos y Mayo 14 de 1784.

De vuesa merced afecto pariente Q. S. M. B. el sin ventura encantado.

Don Quijote de la Mancha

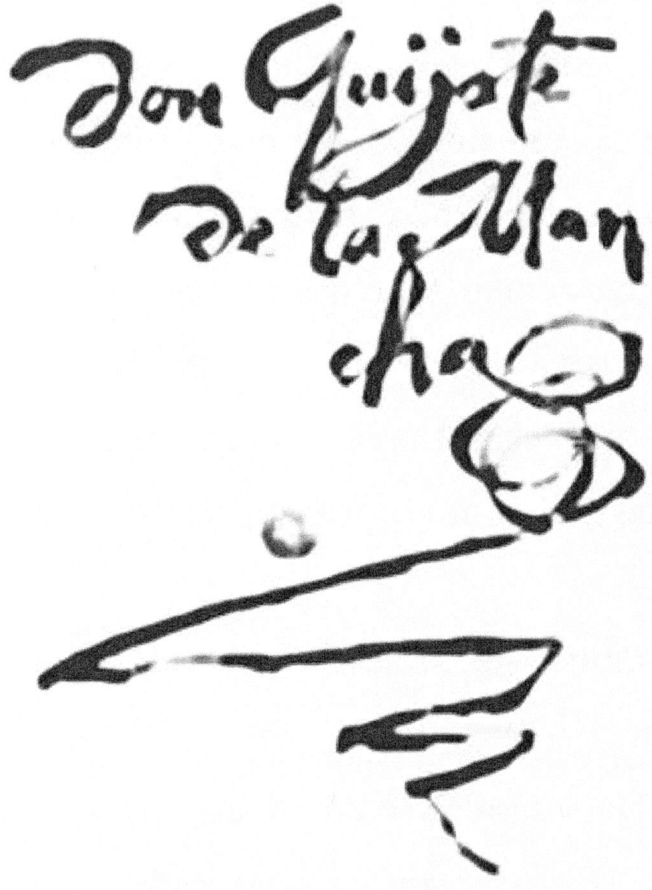
Don Quijote
de la Man
cha

Josephus Camaron inveint.   Emman. Monfort f.